老伯伯的雨傘

文・圖　佐野洋子　　譯　高明美

上誼文化實業股份有限公司

老伯伯有一把非常漂亮的大黑傘，
細細長長的， 就像是一支
黑得發亮的大手杖。

老ㄌㄠ伯ㄅㄜ伯ㄅㄜ出ㄔㄨ門ㄇㄣ的ㄉㄜ時ㄕ候ㄏㄡ，

總ㄗㄨㄥ是ㄕ把ㄅㄚ大ㄉㄚ黑ㄏㄟ傘ㄙㄢ帶ㄉㄞ在ㄗㄞ身ㄕㄣ邊ㄅㄧㄢ。

如果天上下起小雨，他就淋著雨走路。

因為他怕傘被淋濕了。

如果雨下得大一一點，

他就躲在屋簷下， 等雨停了再走。

因為他怕傘被淋濕了。

如果有急事要辦，

他就緊緊的抱著傘，往前跑，

因為他怕傘被淋濕了。

如果雨一一直下個不停，

他就躲進別人的傘裡，說聲：

「對不起，麻煩你送我過去那邊，好嗎？」

因為他怕傘被淋濕了。

如果雨下得更大，

老伯伯就待在家裡，哪兒也不去。

如果看到強風把路人的傘吹得開花，
他會說：「啊！還好我沒出門，
不然的話，心愛的傘就被吹壞啦。」

有ㄧ一天ㄊㄧㄢ，老ㄌㄠ伯ㄅㄛ伯ㄅㄛ坐ㄗㄨㄛ在ㄗㄞ公ㄍㄨㄥ園ㄩㄢ裡ㄌㄧ休ㄒㄧㄡ息ㄒㄧ。

他ㄊㄚ仔ㄗ細ㄒㄧ的ㄉㄜ檢ㄐㄧㄢ查ㄔㄚ傘ㄙㄢ有ㄧㄡ沒ㄇㄟ有ㄧㄡ弄ㄋㄨㄥ髒ㄗㄤ，

有ㄧㄡ沒ㄇㄟ有ㄧㄡ折ㄓㄜ好ㄏㄠ。

然ㄖㄢ後ㄏㄡ，才ㄘㄞ放ㄈㄤ心ㄒㄧㄣ的ㄉㄜ坐ㄗㄨㄛ著ㄓㄜ，

把ㄅㄚ手ㄕㄡ挂ㄍㄨㄚ在ㄗㄞ雨ㄩ傘ㄙㄢ上ㄕㄤ，

做ㄗㄨㄛ起ㄑㄧ白ㄅㄞ日ㄖ夢ㄇㄥ來ㄌㄞ了ㄌㄜ。

就_{ㄐㄧㄡˋ}在_{ㄗㄞˋ}這_{ㄓㄜˋ}個_{ㄍㄜˋ}時_{ㄕˊ}候_{ㄏㄡˋ}，開_{ㄎㄞ}始_{ㄕˇ}下_{ㄒㄧㄚˋ}起_{ㄑㄧˇ}雨_{ㄩˇ}來_{ㄌㄞˊ}了_{ㄌㄜ˙}。

一一個ㄍㄜˋ小ㄒㄧㄠˇ男ㄋㄢˊ孩ㄏㄞˊ跑ㄆㄠˇ過ㄍㄨㄛˋ來ㄌㄞˊ躲ㄉㄨㄛˇ雨ㄩˇ。

他看到老伯伯漂亮的雨傘，　說：

「 老伯伯，　如果您要到那邊去，

可以帶我一起過去嗎？ 」

「 哼！ 」

老伯伯哼了一聲，　眼睛往上看，

裝做沒聽見的樣子。

「　啊！　小ㄒㄧㄠˇ龍ㄌㄨㄥˊ，　你ㄋㄧˇ沒ㄇㄟˊ帶ㄉㄞˋ傘ㄙㄢˇ嗎ㄇㄚ？

來ㄌㄞˊ，　我ㄨㄛˇ們ㄇㄣ˙一ㄧˋ起ㄑㄧˇ回ㄏㄨㄟˊ家ㄐㄧㄚ吧ㄅㄚ！　」

一ㄧˊ個ㄍㄜˋ小ㄒㄧㄠˇ女ㄋㄩˇ孩ㄏㄞˊ走ㄗㄡˇ過ㄍㄨㄛˋ來ㄌㄞˊ，　對ㄉㄨㄟˋ小ㄒㄧㄠˇ男ㄋㄢˊ孩ㄏㄞˊ說ㄕㄨㄛ。

「　下ㄒㄧㄚˋ雨ㄩˇ了ㄌㄜ˙　　下ㄒㄧㄚˋ雨ㄩˇ了ㄌㄜ˙　　滴ㄉㄧ滴ㄉㄧ咚ㄉㄨㄥ

　　下ㄒㄧㄚˋ雨ㄩˇ了ㄌㄜ˙　　下ㄒㄧㄚˋ雨ㄩˇ了ㄌㄜ˙　　啪ㄆㄚ答ㄉㄚ啪ㄆㄚ答ㄉㄚ啪ㄆㄚ」

兩ㄌㄧㄤˇ個ㄍㄜˋ人ㄖㄣˊ在ㄗㄞˋ雨ㄩˇ中ㄓㄨㄥ大ㄉㄚˋ聲ㄕㄥ唱ㄔㄤˋ著ㄓㄜ˙歌ㄍㄜ，　回ㄏㄨㄟˊ家ㄐㄧㄚ去ㄑㄩˋ了ㄌㄜ˙。

15

「下雨了 　　下雨了 　　滴滴咚

　　下雨了 　　下雨了 　　啪答啪答啪」

雖然小男孩和小女孩走了好遠、好遠，

還是聽得到他們在唱著：

「下雨了 　　下雨了 　　滴滴咚

　　下雨了 　　下雨了 　　啪答啪答啪」

老伯伯不知不覺的也張開嘴，

跟著念了起來。

「下雨了 　　下雨了 　　滴滴咚

　　下雨了 　　下雨了 　　啪答啪答啪」

他站起來，說：「真是這樣嗎？」

終於，
老伯伯把傘張開來了。

「　下雨了　　下雨了　　滴滴咚……。」

老伯伯撐著傘，　一邊念著，

一邊走進了雨中。

雨打在老伯伯心愛的傘上，

發出滴滴咚咚的聲音。

「　真的，　真的耶，　下雨了，

滴滴咚耶　———　」

老伯伯開心得不得了。

全身濕淋淋的小狗

啪啦啪啦的抖掉身上的水，

老伯伯也滴溜滴溜的轉動著他的大黑傘，

傘上的雨珠咻──咻──的甩了出去。

老伯伯朝著街上走去。

好ㄏㄠˇ多ㄉㄨㄛ的ㄉㄜ人ㄖㄣˊ穿ㄔㄨㄢ著ㄓㄜ長ㄔㄤˊ筒ㄊㄨㄥˇ靴ㄒㄩㄝ在ㄗㄞˋ雨ㄩˇ中ㄓㄨㄥ來ㄌㄞˊ來ㄌㄞˊ往ㄨㄤˇ往ㄨㄤˇ。

地ㄉㄧˋ上ㄕㄤˋ傳ㄔㄨㄢˊ來ㄌㄞˊ啪ㄆㄚ答ㄉㄚ啪ㄆㄚ答ㄉㄚ的ㄉㄜ聲ㄕㄥ音ㄧㄣ。

「真ㄓㄣ的ㄉㄜ，真ㄓㄣ的ㄉㄜ吔ㄧㄝˇ，下ㄒㄧㄚˋ雨ㄩˇ了ㄌㄜ，

啪ㄆㄚ答ㄉㄚ啪ㄆㄚ答ㄉㄚ啪ㄆㄚ吔ㄧㄝˇ——」

老ㄌㄠˇ伯ㄅㄛˊ伯ㄅㄛ就ㄐㄧㄡˋ這ㄓㄜˋ樣ㄧㄤˋ一ㄧˋ直ㄓˊ的ㄉㄜ往ㄨㄤˇ前ㄑㄧㄢˊ走ㄗㄡˇ。

「　下雨了　　下雨了　　滴滴咚

　　下雨了　　下雨了　　啪答啪答啪」

從上面，　從下面，　都發出了好聽的聲音。

老伯伯心情愉快的走回家。

回到家裡， 老伯伯輕輕的把傘收了起來。

「淋得濕濕的傘， 也是個好東西呢！

最要緊的是， 這不就是傘

應該有的樣子嗎？ 」

老伯伯看著心愛的傘被淋得濕透，

心滿意足的說。

老伯伯的太太吃了一驚，說：

「咦？下雨了，

你還把傘撐起來了!?」

老伯伯坐下來喝茶，

還不時走過去看看那把

被雨淋濕了的大黑傘。

おじさんのかさ

© 1992 Yōko Sano. All rights reserved.

Originally published in Japan by kodansha Ltd.

Published by arrangement with kodansha Ltd.

in association with Bardon-Chinese Media Agency.

Chinese translation © 1997 Hsinex International Corporation

中文版授權　上誼文化實業股份有限公司　出版發行

老伯伯的雨傘

文、圖‧佐野洋子　譯‧高明美

發行人‧何壽川　總編輯‧張杏如　主編‧溫碧珠

文字編輯‧孫婷婷　美術編輯‧鍾燕貞、陳姿如　生產管理‧劉德豐

出版‧上誼文化實業股份有限公司　台北市重慶南路二段75號

電話‧(02)23913384＜代表號＞　網址‧http://www.hsin-yi.org.tw

印刷‧中華彩色印刷股份有限公司　裝訂‧大興圖書印製股份有限公司

郵撥‧10424361　上誼文化實業股份有限公司　定價‧300元

1997年6月初版　2001年3月初版四刷　ISBN 957-762-094-9（精裝）

行政院新聞局局版台業字第3522號